11

POËSIES DIVERSES

SÇAVOIR;

EPITRE AUX BEAUX ESPRITS, la Gazette poëtique, le Voyage de l'Amour propre dans l'Isle de la fortune, Epitre à Eucharis, & autres.

Par M. DE LISLE.

A PARIS,

Chez
PRAULT pere, Quay de Gêvres.
GANDOUIN fils, Quay des Augustins.
BRIASSON, ruë S. Jacques.
GUILLAUME, sur les dégrés de la Sainte Chapelle.
PRAULT fils, Quay de Conty.

M. DCC. XXXIX.

Avec Approbation & Privilege du Roy.

ÉPITRE
AUX BEAUX ESPRITS.

ECHAUFE' des vapeurs qu'éxale l'Hypocrêne
Je m'occupois des tems d'Auguſte & de Mécêne,
Tems heureux, où l'eſprit cultivoit comme un bien,
Les beaux dons qui chez nous ne rapportent plus rien.
Dans les titres ſacrés du temple de mémoire
J'admirois les Héros dont il tranſmet la gloire,
Et dans les traits brillans qui forment leurs tableaux,
Des muſes en tous lieux je connûs les pinceaux:
Ces ouvrages, où l'art montre tant de merveilles,
Diſois-je, ſont les fruits de leurs ſçavantes veilles;

Le tems qui détruit tout ne fera que gliſſer
Sur les traits immortels qu'elles ont ſçû tracer ;
Héros, ſans ce ſecours vôtre gloire paſſée,
De ce monde avec vous ſe ſeroit éclipſée ;
C'eſt dans ces monumens que la poſtérité
S'inſtruira de vos droits à l'immortalité.
Avide de la gloire autrefois Alexandre,
Envioit le bonheur du Héros du Scamandre,
Et ne comptoit pour rien l'Univers ſous ſes loix ;
Puiſqu'Homere manquoit pour chanter ſes exploits :
Les favoris de Mars ne furent jamais rares ;
On en vit de fameux chez les peuples barbares ;
Et ſans parler des Gôts, ni du fier Tamerlan,
Les Turcs ont Amurat, Mahomet, Solyman ;
Mais les Muſes jamais au Temple de mémoire
De leurs travaux guerriers n'ont conſacré la gloire,
Leur ſilence l'éteint, & ces fiers conquérans
N'ont conſervé chez nous que les noms de tyrans ;
Et de tous leurs exploits il ne reſte de trace
Que celle des malheurs que cauſa leur audace ;
Les lauriers cultivés par la main d'Apollon
Ont un nouvel éclat dans le ſacré vallon,
Les Grecs & les Romains eûrent ſeuls l'avantage

D'unir aux beaux talens la grandeur du courage;
Et pour se distinguer du reste des mortels,
Ces peuples des neuf sœurs encensoient les autels;
Sous un Prince attentif à leurs voix immortelle,
La France se forma sur de si grands modelles,
LOUIS le favoris de Minerve & de Mars
Montroit sous ses lauriers son goût pour les beaux arts;
Ce grand Prince fit voir un Auguste à la seine,
Et Colbert dans sa cour fût un second Mecêne;
Ce ministre éclairé chérissoit les sçavans,
LOUIS par ses bienfaits excitoit leurs talens;
Et les arts soûtenus par sa magnificence
Sous ce sage Monarque illustrerent la France;
On vit alors paroître un essain glorieux
Qu'Apollon instruisoit du langage des Dieux;
Et leurs vers assurez d'une gloire immortelle
Ont rendu de nos jours leur langue universelle:
C'est par eux que du Roi, qui sçût les soûtenir
Le beau nom passera dans l'obscur avenir;
Il doit à leurs écrits le paralelle juste,
Qu'on a fait de son regne avec celui d'Auguste,
Et de ces monumens la solide beauté
Le fera confirmer dans la postérité.

Le plus grand des mortels, quelques efforts qu'il
faſſe,
Pour aſſûrer ſa gloire a beſoin du Parnaſſe;
Mais lorque la vertu brille au ſacré vallon,
Le vice doit trembler au ſeul nom d'Apollon;
Et l'on ſçait qu'autrefois les fougues qu'il inſpire
Armerent Juvenal des traits de la Satyre:
Meſſaline, Criſpin, & de vils délateurs,
Groupent dans ſes tableaux avec des Empereurs:
Par des traits immortels les filles de mémoire
Tranſmettent des humains, & la honte, & la gloire;
Heureux celui qui ſçait eſtimer les leçons
Qu'à leurs divins conſorts puiſſent leurs nou-
riſſons,
Et que l'on voit toûjours d'une main généreuſe,
Ouvrir à leurs talens une carriere heureuſe,
Non pas qu'aux beaux eſprits il faille des tréſors
Les enfans d'Apollon n'ont point de coffres forts;
Ceux qui paſſent leurs jours ſous les ombres du
Pinde
N'eûrent jamais beſoin des richeſſes de l'Inde;
Et dans le doux état qu'ils ont ſçû ſe choiſir,
Fortune, il ne leur faut qu'un honnête loiſir.
Ma maiſon, dit Horace, à couvert de l'envie

N'a ni lambris dorez ni marbres de Lidie,
Et, le cœur ſatisfait d'un petit revenu,
Je ne vais point d'Atale héritier inconnu
De Pergame à mes loix aſſujetir l'empire,
Une maiſon aux champs de l'eſprit & ma lire
Rendent mes jours heureux, le reſte eſt ſuperflus,
De Mécêne & des Dieux je ne veux rien de plus.
Dans cet heureux état Horace penſoit juſte,
Il pouvoit recevoir le favori d'Auguſte,
Lui préſenter chez lui des plaiſirs modérés,
Que l'eſprit, le bon goût avoient ſeuls préparés·
Beaux eſprits qui vivez ſous un Roi magnanime,
Du Parnaſſe pour lui tentés le roc ſublime,
D'Horace, & de Virgile imitant les beaux vers
Des vertus de LOUIS inſtruiſez l'Univers;
Et la lyre à la main plein d'une heureuſe yvreſſe
Accourez aujourd'hui ſur les bords du Permeſſe.
J'oſe ſur l'Hélicon mû par ce grand objet
Eſſayer un chemin vers ſon brillant ſommet,
Et chanter les Héros qu'on vît en Auſſônie
Avides de lauriers, prodigues de leur vie,
Enchaîner la victoire, & dans les champs de Mars
Sur le Pô ſubjugué montrer nos étendarts.
Dans ce hardy projet ma muſe peu timide

N'écoute que la voix du zéle qui la guide ;
Heureux si cet effort, quoiqu'audessus de moi,
Peut braver la critique, & plaire à ce grand Roi.

LA GAZETTE POETIQUE.

ODE

Sur les heureux ſuccès des Armes du Roy dans la Campagne de l'année 1734.

PUISQUE tout dort ſur le Parnaſſe
Je profite de ce moment ;
Et ſur Pegaze avec audace
Je m'élance légerement ;
Guerriers j'annonce vôtre gloire,
Et dans le Temple de mémoire
Je vais vous conſacrer mes vers ;
Je parts, ſous moy je vois la terre
De la region du tonnerre
Je parcours le vaſte univers.

❦

Quel éclat vient fraper ma vüe,
Que de palmes ; que de lauriers
Dêja l'Allemagne éperdüe,
Tremble à l'aſpect de nos guerriers ;
L'heureuſe & ſuperbe Italie
De tant de héros la patrie

Voit nos drapeaux sur ses remparts;
Dans nos chefs dont l'ardeur guerriere
S'ouvre une brillante carriere,
Elle croit voir tous ses Césars.

❦

Mais dans son vol Pégaze hésite,
Il est embarassé du choix,
Par tout la victoire l'invite,
En tous lieux il entend sa voix:
Parts, fougueux coursier d'Hypocrêne,
Qu'importe où le hazard te méne,
Voles sur ses pas incertains,
Par tout l'heureuse destinée,
Au char de Louis enchainée,
T'ouvre de glorieux chemins.

❦

Charles, qu'elle affreuse tempête
Excite le Dieu des Combats!
Jeune Héros la foudre est prête,
Vole au secours de tes états:
A Parme l'aigle audacieuse
Et de ses pertes furieuse
Prépare des efforts nouveaux;
Mais non, modere ton courage,

Ne crains plus ce terrible orage
De LOUIS je vois les drapeaux.

❧

Suivi des heros que la France
Forma pour les travaux guerriers,
L'intrépide Coigny s'avance
Pour cueillir de nouveaux lauriers;
Parme du haut de ses murailles
Le prend pour le Dieu des batailles,
Mercy frémit à ses regards;
Dêja le salpêtre s'allume;
De feux & de sang le champ fume,
Mars y tonne de toutes parts.

❧

Cet audacieux Capitaine
Mercy suivi des combattans,
Qu'on vit autrefois sous Eugêne
Mettre en fuite les Ottomans,
Présumant trop de son courage
Se jette au milieu du carnage,
Et balance long-tems le sort;
De cris affreux les airs gémissent,
Mille bouches d'airain vomissent
Les feux, la terreur, & la mort.

Arrête, entends les destinées
Pronnoncer sur tes feux guerriers ;
Tes conquêtes sont termineés,
Tu vas tomber sous tes lauriers ;
Mars est pour nous, il t'abandonne,
C'en est fait, Mercy, l'heure sonne
Qui va finir tous tes exploits ;
Le coup part ce guerrier expire,
Il vôle au tenebreux empire
Dire ce qu'il fût autrefois.

Mais quelles nouvelles allarmes
Font retentir les bords du Rhin ?
Quel est donc le sujet des larmes
Dont la France baigne son sein ?
Ciel qu'entens-je ! Quelle nouvelle !
Berwick une atteinte mortelle
A tranché le fil de tes jours ;
Quelle espérance pour l'Empire.
Berwick n'est plus, Villars expire,
A quel chef auront nous recours ?

Eugêne profite du tems ;
Prens le moment des destinées

Tu crois nos troupes consternées,
Pour la victoire quels instans!
Tout favorise ta fortune,
Tu vois Jupiter & Neptune
Armer pour toi les élémens,
Et Bellisle dont le courage
Prend les bastions à la nage
Doit exciter tes Allemans.

❧

Pour mieux enflamer leur audace
Montre Conti, montre Clermont,
Dans les eaux attaquant la place,
Et provoquant la mort de front;
Tel le Héros qu'Homere chante,
Parût autrefois sur le Xante,
Bravant le fer, les feux, les flots,
Chacun d'eux se montre un Alcide
L'amour de la gloire les guide,
Sur les traces de ces Héros.

❧

La tranquilité redoutable
D'Asfeld dans ses retranchemens,
Doit de ton courage indomptable
Exciter les fiers mouvemens;

Grand favory de la victoire,
Ce ſage émule de ta gloire
T'invite à de brillans travaux,
Et Noailles te fait connoître
Que pour nous vaincre il faut un maître
Dans l'art qui forme les Héros

❧

N'as tu donc pris en main la foudre
Suivi de tant de bataillons,
Que pour voir Philisbourg en poudre
Tomber avec ſes baſtions ?
Pour nous admirer dans ce ſiége,
Les braves ſoldats de Nortvege
Quittent-ils leurs climats glacés ?
Elle ſe rend ta plainte eſt vaine;
Prens ton parti, grand Capitaine,
Fuis le combat, ç'en eſt aſſez.

❧

Mais je vois Guaſtalle allarmée,
Charles, ce favoris de Mars
Dans les champs range notre armée,
Bravant la mort & les hazards
A la tête de Picardie
Semblable au vainqueur de l'Aſie

Il inſpire aux ſiens ſon ardeur :
Tout cede à ſon effort terrible ;
Et par tout ſon bras invincible
Porte la mort & la terreur.

❧

Coigny combat, prévoit, ordonne,
Broglio ſeconde ſon effort,
Et ces favoris de Bellonne
Déterminent par tout le ſort ;
Là ces cuiraſſiers redoutables,
Qui ſe prétendoient indomptables,
Perdent ces noms ambitieux ;
Chatillon, Harcourt les enfoncent,
Et ces fiers ennemis renoncent
A des titres ſi glorieux.

❧

Souvré, Valcourt, & Darmentiere,
Pezé, Biron, Chatte, & Boiſſieux,
Couverts de ſang & de pouſſiere,
Soûtiennent un choc furieux ;
En vain on voit voler la bombe,
Sur nos eſcadrons elle tombe,
Mais ils ne s'en ébranlent pas ;
Envain ſur eux les canons tonnent.

Quels ſont les périls dont s'étonnent
Cayla, Savine & Bonas.
Sous nos guerriers l'ennemi plie
Et fuit à leur terrible aſpect ,
Vainement ſa gauche en furie
Fond ſur l'intrépide Lautrec ;
Il la repouſſe avec carnage,
Vaincu ſans perdre le courage,
L'ennemi charge Maillebois,
Ce guerrier remporte la gloire
De couronner par la victoire
De nos Héros les grands exploits.

O toi, bruyante renommée,
Vole,& par des efforts nouveaux,
De nos chefs & de nôtre armée
Annonces les fameux travaux :
Va t'en apprendre à la Ruſſie
Qu'ils peuvent ſortant d'Italie,
Porter l'effroi dans ſes marais ;
Sur tout inſtruis toute la terre,
Que LOUIS ne ſoûtient la guerre
Que pour mieux cimenter la paix.

On

On vit la jeunesse d'Auguste
De crimes marquer tous ses pas,
Titus ne fût pas toûjours juste,
L'amour eût pour lui trop d'apas;
La vertu de LOUIS entiere
Commence & soûtient sa carriere,
Quel présage pour l'avenir!
Ce Prince né pour la justice,
Ne connoîtroit jamais le vice,
S'il ne devoit pas le punir.

Par son Conseil dont la prudence
Regle les destins de l'Etat,
Nous voyons triompher la France
Sous les loix de ce Potentat:
Et ce Monarque redoutable
Dans un secret impénétrable,
Cache ses glorieux projets.
Par une sage politique
Le succès souvent les explique
Avant qu'on ait vû leurs objets.

VERS

A Son Eminence Monseigneur le Cardinal DE FLEURY, pour le premier jour de l'année.

DANS le Cercle où le Ciel a renfermé l'année
Le tems recommence son cours,
Arbitre souverain de notre destinée,
Daigne ainsi de FLEURY perpetuer les jours,
Reçois les tendres vœux que fait pour lui la France;
L'amour & la reconnoissance
Les font naître au fond de nos cœurs:
Muses pour les offrir fuyez les tons flatteurs,
De ce nouveau Mentor celebrez la prudence;
Peignez-nous sa candeur, son exacte équité,
Et que votre respect ne rompe le silence
Que pour dire la verité.
Présentez-lui les fruits que son heureux génie
Retire du bien qu'il nous fait,

Exposez-les par un seul trait ;
Et que malgré sa modestie,
Il y connoisse son portrait.
Le plus sage Ministre est sujet à l'envie,
Et de ce que je dis Colbert est le garent,
On n'aima ses vertus que dans le monument,
FLEURY seul a le don d'être aimé dans sa vie.

SONNET

Sur la Paix.

LOUIS victorieux tend les bras aux vaincus ;
La justice en ses mains avoit mis le tonnere
Pour désarmer ce Prince & rassurer la terre
Elle se reposa sur ses autres vertus.

Tandis que sur le Pô ses ennemis battus
Voyoient leurs bataillons brisés comme le verre,
La paix pour arrêter les fureurs de la guerre
Se cachoit dans le cœur de ce nouveau Titus.

Préferant ses conseils aux fougues de Bellonne,
A l'ombre de lauriers d'olive il se couronne,
Il veut du siecle d'or ramener les douceurs.

Quels sublimes projets ! & quel choix de la gloire
Sa sagesse se borne à l'empire des cœurs
Et c'est là tout le fruit qu'il veut de la victoire.

VERS

Sur le Mariage du Roy.

VENUS depuis long-tems avoit perdu l'amour,
Et le cherchant par tout, inquiete, éperduë,
Elle désesperoit déja de son retour,
Quand cet aimable Dieu vint s'offrir à sa vûë.
La Déesse suivant un premier mouvement
Sur lui voulut d'abord user des droits de mere,
Mais l'amour d'un souris apaisa sa colere;
Ma mere, lui dit-il, d'un air tendre & charmant,
Prenez part à ma joye, & partagez ma gloire;
Je viens de remporter une illustre victoire:
Et ce triomphe glorieux
Charme les hommes & les Dieux:
Un Roy, qui sur les cœurs me disputoit l'empire:
Et que chacun prenoit pour moy,
Vient enfin de subir ma loy,
Et brûle des beaux feux que votre fils inspire,
Je l'ai vû jusqu'ici méprisant mes attraits,
Marcher sur les pas d'Hyppolite,

Avec la même grace & le même mérite,
Sur les hôtes des bois il essayoit ses traits,
Fuyant des voluptés les flatteuses amorces ;
Il s'éloignoit de mes plaisirs ;
Je ne lui voyois des désirs
Que pour des jeux guerriers où s'exerçoient ses forces,
Je voulois le dompter, mais helas vainement ;
On rioit de me voir sur ses pas hors d'haleine
Battre avec lui les bois, la montagne, & la plaine,
Et toujours inutilement ;
Désesperé, confus, & tombant de foiblesse
Je pleurois de mes traits l'inutile pouvoir,
Lorsque je vis venir la sévere sagesse,
Qui me prit dans ses bras, me flatta, me fit voir
Dans le portrait d'une Princesse
Des traits dont je sentis renaître mon espoir ;
Faisons la paix, me dit cette fiere Déesse ;
Si tu veux triompher du plus charmant des Roys,
Suis mes conseils, amour, ton interêt t'en presse,
Pour asservir son cœur range toi sous mes loys :
En me disant ces mots, la Déesse m'emporte,
Et l'on fût surpris à la Cour
Y voyant revenir l'amour

Avec une semblable escorte ;
Reconnoissant les cœurs par mes traits enflammés
Avant que la sagesse eût pris sur moi l'empire
Je rougissois de mon délire,
Et des feux odieux que j'avois allumé
Vois les tristes excès, me dit ma conductrice,
Où se livre celui que je ne guide pas ;
Il s'abandonne à son caprice ;
Et s'il revient ensuite avec moi sur ses pas,
Il ne retrouve plus qu'erreur & qu'injustice ;
Je ne répondois point, je pleurois seulement,
Et colé sur son sein, l'embrassant mollement,
Ne me reprochez rien, lui dis-je d'un air tendre,
Je ne suis qu'un enfant, qu'en pouvoit-on attendre ?
J'ai prodigué les feux de mon divin flambeau,
Mais, Déesse, songez que j'avois un bandeau ;
Vous me l'avez ôté, je vais être plus sage ;
Je vois que je me suis trompé,
Et je ne feray plus d'usage
Que d'un trait dans l'honneur par vous même trempé.
De ma docilité la Déesse charmée

Me repond d'un ſouris rempli de majeſté,
De vos graces alors elle ſemble animée,
Et ne montre plus rien de ſa ſeverité,
Cependant dans ces lieux s'éleve un noir murmure,
La ſageſſe eſt, dit-on, d'accord avec l'amour;
Ah, dit mainte beauté, c'eſt un funeſte augure,
La triſteſſe & l'ennui vont regner à la Cour:
D'autres plus remplis de prudence
Sur cet heureux accord fondoient leur eſperance.
Enfin nous entrons chez le Roy
Qui me reçût d'un air ſevere,
Car juſque-là ſon cœur ſe défioit de moi;
Mais d'un mot la ſageſſe apaiſa ſa colere;
L'amour que vous voyez n'eſt plus ce libertin,
Grand Roy, dont juſqu'icy j'ay gaarnti vôtre âme,
Il eſt ſage, dit-elle, & ſa divine flâme
S'allume par les traits qu'il reçoit de ma main
Ne le redoutez plus, vous pouvez ſans foibleſſe
Vous livrer au penchant d'une aimable tendreſſe,
Votre interêt le veut, c'eſt l'ordre du deſtin,
Dans les traits de cette Princeſſe
Reconnoiſſez un cœur que l'auſtere ſageſſe
A pris ſoin pour vous ſeul de former dans ſon ſein

De toutes les vertus c'eſt une vive image ;
Dans le fond de ſon cœur ma main ſçût les graver,
Et comme elles ſont mon ouvrage
J'aurai ſoin de les conſerver.
Elle fit tout enfin, & ſa main reſpectable,
Qui, juſque-là du Roy m'avoit caché le cœur,
Le découvre, & me montre un endroit favorable ;
Je tire, le trait porte, & je reſte vainqueur ;
Auſſi-tôt dans Paphos je viens couvert de gloire,
Vous dire avec tranſport ma nouvelle victoire ;
Et pour ſolemniſer dignement ces beaux noeuds
Convoquer les amours, les plaiſirs, & les jeux.
D'un viſage riant où les graces s'expriment
La divine Venus félicite l'amour :
Je prétens celebrer, dit-elle, le beau jour
D'un hymen fortuné que tous les dieux eſtiment,
Et je veux y paroître avec toute ma Cour.
Venez, dit Cupidon ; mais ſur tout prenez garde
De n'y revolter pas les cœurs
Par des airs qui choquent les mœurs ;
Car près de ces amans les vertus font la garde ;
Depuis long-tems vôtre beauté,
Je le dis à regret, aimable Cytherée,
N'a plus ce naturel, cette ſimplicité,

Par laquelle en tous lieux vous étiez adorée.
Par le fard & de vains attours
Vous dérangez toutes vos graces ;
Les cœurs qui voloient ſur vos traces
Ne reçonnoiſſent plus la Reine des amours ;
Sous ce tein emprunté vous êtes traveſtie,
Reformez-vous donc, croyez moy,
Et ſi vous voulez plaire au Roy,
Prenez un air de modeſtie,
Où la vertu paroiſſe aux graces aſſortie,
Pour animer le teint d'une aimable rougeur,
Uſez du coloris qui naît de la pudeur.
C'eſt par-là que la Reine a des droits ſur ſon ame.
Sa candeur, ſes vertus ont ſçû les mériter,
Et je ne prétens plus faire naître de flâme
Que pour les cœurs bien nés qui ſçauront l'imiter.
Venus crût Cupidon, les graces naturelles
Firent paroître au jour ſes beautés immortelles,
Qui perçant le nuage où le fard les cachoit,
Nous montrerent enfin la Déeſſe des belles
Pure & ſimple comme elle étoit
Lorſque ſortant du ſein de l'onde
Par ſes divins attraits elle charmoit le monde,
Les vertus à la Cour vinrent la recevoir,

Car la ſageſſe enfin eût ſoin de tout prévoir ;
Cette troupe auguſte & ſacrée
Fit les honneurs de ſon entrée
Pour tenir les amours dans les loix du devoir.
Cependant dans le Ciel l'heureuſe deſtinée,
Prononce ſes arrêts ſur ce grand hymenée
Qui doit perpétuer le beau ſang de nos Rois ;
Les échos éternels répéterent ſa voix
Que prévenoient chez nous d'heureuſes conjectures.
La ſageſſe & l'amour
Unis en ce beau jour,
Pour la France aujourd'hui ſont de grandes augures.
Proteges, juſte Ciel, au gré de nos déſirs
Ces grands cœurs embraſez par des flâmes ſi pures
Et ne fais de leurs jours qu'un cercle de plaiſirs.

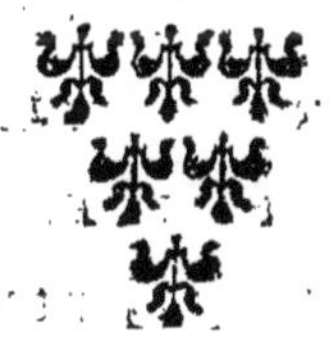

ÉPITRE
A EUCHARIS.

DANS les tendres accords d'une muse divine,
Dont l'amour regloit les concerts,
Ovide éternisa le beau nom de Corinne ;
Elle vit encor dans ses vers.
Catulle dont les feux animoit le génie
Consacra le nom de Lesbie,
Et Tibulle a transmis celui de Licoris.
C'est ainsi qu'on dira que dans les champs de Suze,
Et sur ses rivages fleuris,
Le Dieu des vers ne cultivoit ma muse,
Que pour vous célébrer trop aimable Eucharis.
Rempli des feux qu'inspire l'Hypocrêne,
J'errois un jour sur les bords de la Seine,
Roulant dans mon esprit je ne sçais quel projet
Dont nos Héros étoient l'objet.
Je vis venir l'Amour avec un air sévere,
Il étoit suivi de sa mere,
Elle avoit comme vous l'air tendre & gracieux

Mais pourtant fier & ſérieux,
Non telle que les Grecs l'adoroient dans Cythere,
Mais telle que l'on dit qu'elle eſt parmi les Dieux.
A leur ſuite je vis les Ris avec les Jeux;
L'Amour les dirigeoit, & d'un regard auſtere
Leur deffendoit ſur tout d'être licentieux.
De crainte & de reſpect mon ame étoit émûë,
Lorſque portant ſur moi la vûë
Ce Dieu m'adreſſa ce diſcours;
De tes erreurs finis le cours;
Et ſors du funeſte délire
Qui te ſouſtrait, dit-il, à mon ſuprême empire;
Tu perds ſans aucun fruit les plus beaux de tes jours;
Il faut un objet eſtimable,
Tendre, reconnoiſſant, aimable,
Pour exciter d'heureux tranſports;
Les graces d'Eucharis la rendent adorable,
Chante-là, je le veux, mais d'un ton reſpectable;
Prens-le juſte, & ſur lui regle tout tes accords.
Mon ame à votre nom ſe ſentit une audace
Qui ſembloit m'aplanir les routes du Parnaſſe;
Et déja je volois vers ſon brillant ſommet,
Quand la réflexion arrêtant ma ſaillie

Ballança mon respect avec la tendre envie
De remplir de l'amour le glorieux projet :
Qoique pour lui vous soyez née
Je sçais qu'à son seul nom vous êtes étonnée,
Mais ce Dieu rassûra ma raison & mon cœur
Je ne suis point, dit-il, cet amour séducteur,
Qui jadis fit couler les pleurs de Péribée
Et par lequel dans Naxe Arianne abusée
Dans les transports de sa juste douleur
Reprochoit autrefois à l'inconstant Thesée
Ses feux trahis & son malheur.
Cet amour qu'Eucharis trouve si redoutable
Est sorti du cahos que ma main débroüilla ;
C'est un être équivoque, & toûjours méprisable,
La corruption l'enfanta,
Et son flambeau qu'elle alluma
N'excite point d'ardeur qui ne soit condamnable.
Le mien s'allume dans les cieux.
Et sa flame divine & pure
Animant toute la nature
Unit les hommes & les Dieux.
Je commande, obéïs à ma voix immortelle,
Prens la lyre aujourd'hui pour chanter cette belle
Et fais de son beau nom retentir l'univers.

Il dit ; & s'élevant ſur un brillant nuage
L'Amour du haut des cieux ranima mon courage,
Et je viens ſous ſon nom vous conſacrer mes vers.
Je connois le danger où mon eſprit s'engage,
Pour chanter dignement vos céleſtes apas
Il faut de l'eſprit & des graces ;
N'importe, en volant ſur vos traces
Je les trouverai ſur vos pas.
Adieu donc pour jamais héros que l'on révere,
Pour chanter vos brillants exploits,
Allez chercher une autre voix.
Ma muſe ne connoît que le Dieu de Cythere,
Et parmi les jeux & les ris
Je ne veux plus chanter que l'aimable Eucharis.

Le voyage de l'Amour propre dans l'Iſle de la Fortune.

IL eſt une Iſle redoutable,
Funeſte en ſes productions,
Où l'on voit plus d'un miſérable
Qui s'y répaît de viſions,
C'eſt le bruïant ſéjour où regne la fortune ;
Son port n'eſt qu'un écueüil en naufrages fameux,
Sur lequel ſa voix importune
Attire mille malheureux.
L'amour propre en ces vœux ſouvent étéroclite
Voulut voyager dans ces lieux,
Et croyant qu'ils étoient habités par des Dieux,
Pour Pilote d'abord il prit le vrai mérite ;
Mais les flots ſoulevés par l'envie & l'orgueïl,
Le pouſſerent ſur un écueüil.
L'amour propre, on le ſçait, a plus d'une reſſource ;
Et par le vrai mérite échoüé dans ſa courſe,
Il chercha du ſecours dans le ſacré vallon,
Et prit pour ſon guide Apollon.

Ce

Ce Dieu la lyre en main, couronné de lyere,
Malgré l'effort des vents, sçût fournir sa carriere;
Il arriva près du rocher;
Il y vit la fortune, & croyant la toucher,
Sur un ton pathétique il lui fit sa harangue;
Mais la fortune est sourde, & n'entend pas sa langue:
Apollon rebuté retourna sur ses pas,
Et laissa l'amour propre en fort grand embarras,
Il se tourne alors vers l'intrigue :
O! toi qu'on voit toujours présider à la brigue,
Dit-il, & qui connoît ce roc & ses détours,
Pour monter au sommet prête-moi ton secours,
L'intrigue avec un air flateur, mais ironique,
Lui demanda d'abord s'il étoit politique,
Et s'il sentoit son cœur plus dur que ce rocher:
Je suis vrai, lui dit-il, humain, facile, & tendre,
Je me laisse aisément toucher.
Helas! pauvre insensé, qu'oses-tu donc prétendre,
Lui répondit la Brigue avec un ris moqueur?
Retourne sur tes pas, je ne veux plus t'entendre,
Et le quitte à ses mots, riant de sa douleur.
Mais lorsqu'il maudissoir son étoile ennemie,
Un respectable objet s'offrit à ses regards,

Et c'étoit la Philoſophie :
Déeſſe, ayez pour moi, dit-il, quelques égards,
Laiſſez-vous attendrir au ſort d'un miſérable ;
Je ne ſçaurois monter ſur ce roc redoutable,
Qu'un précipice affreux borde de toutes parts.
Quels projets inſenſés ! quel démon, répond-elle,
Sur ce terrible écueil pour ton malheur t'appelle ?
Va, cours. éloignes-toi de ces lieux dangereux,
Qui ne font que des malheureux ;
La fortune eſt aveugle, & ſemblable à Méduſe,
Elle change en rochers tous les cœurs qu'elle abuſe :
L'amour propre l'écoute, & goûtant ſa leçon
Il s'y ſoumit avec ſageſſe ;
Et ſous les douces loix de l'aimable Déeſſe,
Il ſçut loin des grandeurs & ſans ambition
Trouver ſa fortune en lui-même,
Et ſa félicité ſuprême
Dans l'uſage de ſa raiſon.

ODE

*A M. D***.*

De l'Académie Françoise.

AMI, l'astre du jour vient de finir sa course,
Et lorsque de Plutus tout ici suit les loix,
Il va reveiller l'Iroquois,
Qui pour vivre jamais ne délia la bourse,
Et qui libre au milieu des bois
Sçait trouver toute sa ressource
Dans son arc & dans son carquois.

❧

Que maudit soit celui dont l'esprit mercenaire
Introduisit chez nous l'usage de l'argent;
De l'enfer c'est le noir agent;
Il éblouït nos cœurs d'un bien imaginaire
Du monde il se rend le Régent
Par lui chaque homme est un corsaire,
Et le plus riche est indigent.

❧

La fortune à nos yeux offre un éclat frivole,
C'est un brillant phantôme, & ses vaines lueurs

N'ont que des déhors séducteurs ;
On quitte le vrai bien pour suivre cette idole,
César au faîte des grandeurs,
Immolé dans le Capitole,
Connût le prix de ses faveurs.

O trop heureux celui qui sçait de la sagesse
En tous tems, en tous lieux écouter la leçon
En regler toûjours sa raison,
Qui comme toi nourri sur les bords du Permesse,
Trouve dans le sacré vallon
Sans embaras & sans richesse
Tout son bonheur dans Apollon.

On t'aime, on te chérit, par le solide usage
Que tu fis en tous tems de ces dons précieux,
Qu'en naissant tu reçûs des cieux
L'homme d'esprit chez toi marche après l'homme sage,
Toûjours simple & judicieux,
Tu joüis seul de l'avantage
D'être estimé sans envieux.

Que je serois heureux si le sort implacable,

Qui depuis si long-tems se déchaîne sur moi,
Sans que je sçache trop pourquoi,
Vouloit me regarder d'un œil plus favorable:
Et qu'il me fit la douce loi
Pour rendre mon destin aimable
De passer mes jours comme toi.

FIN.

ERRATA.

Page *6*, vers 12; *Lisez*,
Qu'à leurs divins concerts puisent leurs nourissons
Page 12, vers 20 & 21.
Eugêne profite du tems
Prens le moment des destinées
Lisez
Prens le moment des destinées
Eugêne profite du tems
Page 16, entre les deux & troisiéme vers il manque un bouton de vignettes, pour désigner que la strophe commence par le vers, Sous nos guerriers.

APROBATION

J'Ai lû par l'ordre de Monseigneur le Chancelier, *un Recueil de diverses Poësies* de la composition de Mr. de Lisle, & je crois que l'impression en sera agréable au Public. Fait à Paris, ce 12 Juin 1738.

DANCHET.

PRIVILEGE DU ROY.

LOUIS par la grace de Dieu, Roi de France & de Navarre : A nos amez & feaux Conseillers, les gens tenans nos Cours de Parlement, Maîtres des Requêtes ordinaires de notre Hôtel, Grand Conseil, Prevôt de Paris, Baillifs, Sénéchaux, leurs Lieutenans Civils, & autres nos Justiciers qu'il appartiendra : Salut. Notre bien amé le Sieur DE LISLE ; Nous ayant fait remontrer qu'il souhaiteroit faire imprimer & donner au Public : *un Essai sur l'amour propre, Poëmes & autres ouvrages en proses & en vers*, de sa composition, s'il Nous plaisoit lui accorder nos Lettres de Privileges sur ce nécessaires, offrant pour cet effet de le faire imprimer en bon papier & beaux caracteres, suivant la feüille imprimée & attachée pour modele sous le contrescel des Presentes. A CES CAUSES, voulant traiter favorablement led. Exposant ; Nous lui avons permis & permettons par ces Presentes, de faire imprimer lesdit Ouvrage ci-dessus specifié, en un ou plusieurs volumes, conjointement ou séparément, & autant de fois que bon lui semblera, & de les faire vendre & débiter par tout notre Royaume, pendant le temps de douze années consecutives, à compter du jour de la date desdites Presentes. Faisons défenses à toutes sortes de personnes de quelque qualité & condition qu'elles soient, d'en introduire d'impression étrangere dans aucun lieu de notre obéissance; comme aussi à tous Imprimeurs, Libraires & autres d'imprimer, faire imprimer, vendre, faire vendre & débiter, ni contrefaire ledit Ouvrage, en tout ni en partie, ni d'en faire aucuns Extraits, sous quelque prétexte que ce soit, d'augmentation, correction, changement de Titre, ou autrement, sans la permission expresse & par écrit dudit Exposant, ou de ceux qui auront droit de lui, à peine de confiscation des exemplaires contrefaits, de trois mille livres d'amende contre chacun des contrevenans, dont un tiers à Nous, un tiers à l'Hôtel-Dieu de Paris, l'autre tiers audit Exposant, & de tous dépens, dommages & interêts: à la charge que ces Presentes seront enregistrées tout au long sur le Registre de la Communauté des Imprimeurs & Libraires de Paris, dans trois mois de la date d'icelles; Que l'impression desdits Ouvrages sera faite dans notre Royaume & non ailleurs; & que l'Impetrant se conformera en tout aux Reglemens de la Librairie, & notamment à celui du dixiéme Avril mil sept cens vingt-cinq; & qu'avant que de les exposer en vente, les Manuscrits ou Imprimez qui auront servi de copie à l'impression desdits Ouvrages, seront remis dans le même état où les Approbations y auront été données és mains de notre trés-cher & feal Chevalier le Sieur Daguesseau, Chancelier de France, Commandeur de nos Ordres; Et qu'il en sera ensuite remis deux exemplaires de chacun dans notre Bibliotheque publique, un dans celle de notre Château du Louvre, & un dans celle de notre trés-cher & feal Chevalier le Sieur Daguesseau, Chancelier de France, Commandeur de nos Ordres; le tout à peine de nullité des Présentes: Du contenu desquels vous mandons & enjoignons de faire jouir ledit Exposant ou ses ayans cause pleinement & paisiblement, sans souffrir qu'il leur soit fait aucun trouble ou empêchement. Voulons que la copie desdites Présentes qui sera imprimée tout au long au commencement ou à la fin desdits Ouvrages, soit tenüe pour dûement signifiée, & qu'aux copies collationnées par l'un de nos amés & feaux Conseillers & Secretaires, foi soit ajoutée comme à l'Original. Commandons au premier notre Huissier ou Sergent, de faire pour l'exécution d'icelles, tous Actes requis & necessaires, sans demander autre permission, & nonobstant clameur de Haro, Chartre Normande, & Lettres à ce contraires: Car tel est notre plaisir. Donné à Paris le dixiéme jour de Janvier l'an de grace mil sept censtrente huit, & de notre Regne le vingt troisiéme Par le Roi en son Conseil.

Signé SAINSON.

Registré ensemble la cession ci-derriere, sur le Registre IX de la Communauté Royal & Syndicale des Libraires & Imprimeurs de Paris, No. 584. Fol. 546. conformément aux Reglemens de 1723. qui fait défense, Article IV. à toutes personnes de quelque qualité qu'elles soient, autres que les Libraires & Imprimeurs, de vendre débiter & faire afficher aucuns Livres pour les vendre en leurs noms, soit qu'il s'en disent les Auteurs ou autrement, & à la charge de fournir les huit Eemplaires prescrits par l'Article CVIII. du même Réglement. A Paris le 3 Février 1738.

Signé S. LANGLOIS, *Syndic.*

www.ingramcontent.com/pod-product-compliance
Ingram Content Group UK Ltd.
Pitfield, Milton Keynes, MK11 3LW, UK
UKHW020455230726
13925UKWH00005B/1955